MAÎTRES DES DRAGONS

LE RÉVEIL DU DRAGON DE LA TERRE

TRACEY WEST

ILLUSTRATIONS DE

GRAHAM HOWELLS

TEXTE FRANÇAIS DE

MARIE-CAROLE DAIGLE

Éditions
SCHOLASTIC

POUR LAUREN,

la fille qui aimait les dragons et qui les aime encore.
—T.W.

Catalogage avant publication de Bibliothèque et Archives Canada

West, Tracey, 1965-
[Rise of the earth dragon. Fran‘ais]
Le réveil du dragon de la Terre / Tracey West ; illustrations
de Graham Howells ; texte fran‘ais de Marie-Carole Daigle.

(Maîtres des dragons ; 1)
Traduction de : Rise of the earth dragon.
ISBN 978-1-4431-4757-6 (couverture souple)

I. Howells, Graham, illustrateur II. Titre. III. Titre : Rise of the
earth dragon. Fran‘ais.

PZ23.W459Rev 2015   j813'.54   C2015-902747-0

Édition publiée par les Éditions Scholastic, 604, rue King Ouest, Toronto (Ontario) M5V 1E1.

7 6 5 4 3   Imprimé au Canada 121   18 19 20 21 22

Illustrations de Graham Howells
Conception graphique de Jessica Meltzer

MIXTE
Papier issu de
sources responsables
FSC® C004071

TABLE DES MATIÈRES

AU CHÂTEAU!

Yoann ne voit pas le soldat du roi approcher. Il est en train de jardiner dans le champ d'oignons et vient de sortir de terre un gros oignon blanc. Il observe un ver de terre bien gras qui se dandine dessus. C'est un vrai fils de fermier : les vers de terre ne lui font pas peur! Depuis toujours, sa famille cultive des oignons au royaume des Fougères. Yoann sait qu'il passera sa vie à récolter des oignons, qu'il le veuille ou non.

Yoann saisit le ver de terre.

— Salut, petit gars, dit-il, avant de le déposer par terre.

— Est-ce que c'est toi, Yoann? demande une voix forte derrière lui.

Yoann se relève d'un bond et se retourne. Un soldat à la barbe blonde s'approche de lui sur un étalon noir. Un dragon doré est cousu sur sa tunique : le symbole du roi Roland l'Audacieux!

— Oui, c'est moi, répond Yoann.

Sa voix tremble, car les soldats ne viennent jamais dans les champs, à moins qu'un fermier n'ait fait une bêtise.

Le soldat s'approche de Yoann sans un mot, le saisit et le hisse sur sa selle.

— Mais qu'est-ce que vous faites? crie Yoann.

Le soldat ne répond pas.

La mère de Yoann sort de la chaumière familiale en courant.

— Attendez! Où emmenez-vous mon fils? s'écrie-t-elle.

— Au château du roi Roland, répond le soldat.

Yoann sent son cœur bondir : il a toujours voulu rencontrer le roi!

— Mais il n'a que huit ans! proteste sa mère en s'approchant du cavalier.

— Il a été choisi, répond le soldat.

Choisi? Moi? Pourquoi donc? se demande Yoann. Mais il sait bien qu'il ne doit pas poser de questions au soldat. Les paysans comme Yoann n'ont le droit de parler que si on leur adresse la parole.

— Le roi prendra bien soin de lui, ajoute le soldat avant de s'éloigner à vive allure.

— Obéis au roi, Yoann! crie sa mère.

Yoann n'était encore jamais monté à cheval. Il se cramponne bien fort.

Son cœur bat à tout rompre lorsqu'ils traversent le village. Ils empruntent ensuite le pont de pierre à toute vitesse et ils s'arrêtent enfin devant le château du roi Roland.

Le soldat aide Yoann à descendre de cheval, puis il ouvre la porte du château et le pousse à l'intérieur. En traversant une suite de corridors, le jeune paysan admire les superbes tableaux, les statues et les gens parés de magnifiques habits. Yoann aimerait prendre le temps de tout regarder, mais le soldat qui le suit d'un pas lourd le pousse dès qu'il ralentit le pas.

Ils arrivent devant un escalier et se mettent à descendre les marches qui ne semblent jamais finir. Le soldat s'arrête finalement devant une porte.

— Où allons-nous? ose demander Yoann.

— *Nous* n'allons nulle part, dit le soldat. Bonne chance!

Et il remonte les escaliers à toute vitesse.

— Hé, qu'est-ce que je dois faire? s'écrie Yoann.

Mais personne ne lui répond.

Yoann examine la lourde porte en pierre devant lui. Il a peur. Mais il est aussi très curieux. Il la pousse pour l'entrouvrir et découvre... un gigantesque dragon rouge!

Yoann cligne des yeux. Il n'en croit pas ses yeux. À ce moment-là, *woush!* le dragon crache une énorme boule de feu!

LA PIERRE
DU DRAGON

Yoann saute de côté et la boule de feu le manque de justesse!

— Vulcain, arrête! crie une voix.

Yoann se relève. Une fille aux cheveux roux se tient dans l'encadrement de la porte.

— Fini les boules de feu! crie-t-elle au dragon.

Celui-ci a le corps recouvert d'écailles rouge vif et une queue très musclée. Deux longues ailes se dressent sur son dos.

Les dragons n'existent pas, se dit Yoann. Et pourtant, il y en a bien un devant lui. Et il a vraiment senti la chaleur de la boule de feu!

Un homme de stature imposante s'approche. Il a une barbe blanche et porte un chapeau à bout pointu et une longue robe vert foncé.

— Bienvenue parmi nous, Yoann. Je m'appelle Jérôme, je suis le magicien du roi.

Ai-je bien entendu le mot « magicien »? se demande Yoann. Il se pose énormément de questions.

— Dites-moi : est-ce que c'est vraiment un dragon? demande-t-il.

— Ce n'est pas n'importe quel dragon, c'est *mon* dragon, dit la fille. Vulcain est le *meilleur* dragon du royaume!

— Yoann, je te présente Rori, dit Jérôme. Rori, veux-tu sortir Vulcain d'ici? Dis aux autres que j'arrive.

Aux autres? songe Yoann.

— D'accord. On s'en va, Vulcain! dit la fille en poussant un soupir.

Son dragon la suit.

Le magicien conduit alors Yoann dans un long corridor très sombre.

— Pourquoi m'a-t-on amené ici, Monsieur? demande Yoann.

Jérôme ne répond pas. Il s'arrête devant une grande porte et montre du doigt un gros cadenas en laiton. Des étincelles surgissent de son index, et le cadenas s'ouvre.

Yoann écarquille les yeux.
C'est un vrai magicien! s'étonne-t-il.

ATELIER DE JÉRÔME

Il suit Jérôme dans une salle remplie d'objets bizarres. Les étagères au mur sont remplies de liquides et de poudres de toutes les couleurs.

Jérôme va chercher une petite caisse en bois sculpté. Elle est ornée de gravures de dragons.

— Voilà pourquoi tu es parmi nous, dit-il en ouvrant la boîte.

Yoann jette un coup d'œil à l'intérieur. Il y voit une pierre verte aussi grosse que sa tête. Elle scintille de mille feux.

— La pierre du dragon m'a dit que tu as un cœur de dragon, explique le magicien en tapant du doigt sur la poitrine de Yoann.

— Elle... elle vous a dit cela? balbutie Yoann.

— Tout à fait! Et quiconque a un cœur de dragon dans ce royaume devient un maître des dragons au service du roi Roland, ajoute Jérôme.

Yoann a entendu de nombreuses histoires au sujet de la pierre du dragon, mais il n'a jamais cru qu'elles étaient vraies. Maintenant, il se pose plein de questions.

— Comment cette pierre peut-elle savoir que j'ai un cœur de dragon? Et comment m'avez-vous trouvé? Et qu'est-ce que c'est, un maître des dragons? Et pourquoi le roi Roland a-t-il besoin de maîtres des dragons?

— Cette pierre est vieille et très mystérieuse, répond Jérôme. Je n'arrive pas moi-même à en saisir tous les pouvoirs. Un maître des dragons est une personne capable de communiquer avec les dragons. Quant au roi, disons tout simplement qu'il aime beaucoup les dragons! Mais il ne peut pas les contrôler.

— Est-ce que cela signifie que Vulcain n'est pas le seul dragon, ici? demande Yoann.

— Exact! répond Jérôme en souriant.

Puis il tend à Yoann une chaîne en or au bout de laquelle est suspendue une pierre verte.

— Voici un morceau de la pierre du dragon, explique-t-il. Cela t'aidera à créer des liens avec ton dragon.

Le cœur de Yoann bondit dans sa poitrine. *Mon dragon?* pense-t-il. *Je vais avoir un dragon?*

Il glisse ensuite la pierre dans sa poche.

— Sois prudent, Yoann, l'avertit le magicien. Les dragons sont dangereux, et même la pierre du dragon ne peut te protéger de leurs pouvoirs.

— Quels pouvoirs? demande Yoann.

Le magicien l'emmène hors de la salle sans lui répondre.

D'AUTRES DRAGONS!

es pensées se bousculent dans la tête de Yoann lorsqu'il sort de l'atelier du magicien. Il suit Jérôme jusque dans une immense salle souterraine. Dépourvue de fenêtres, elle est éclairée par des torches fixées aux murs. Rori et Vulcain sont là. Il y a aussi deux autres enfants... et deux autres dragons!

— Yoann, je te présente Bo, dit Jérôme en désignant un jeune garçon aux cheveux noirs. Et voici Shu.

Bo se tient près d'un dragon couvert d'écailles bleues très brillantes, mais sans ailes.

— Bonjour, dit Yoann.

— Ravi de faire ta connaissance, Yoann, répond poliment le garçon.

Jérôme dirige ensuite Yoann vers une jeune fille aux longs cheveux noirs. Son dragon est couvert d'écailles d'un blanc luisant, qui virent au jaune soleil autour du cou. Le bout de ses ailes est aussi jaune vif.

— Et voici Anna, avec Hélia, poursuit Jérôme.

— Salut, dit Yoann avec un petit signe de tête.

— Cela va faire du bien d'avoir du nouveau, dit-elle avec un beau sourire.

— Maintenant que tu as rencontré les autres maîtres et leurs dragons, il est temps de faire connaissance avec ton dragon, annonce Jérôme.

Yoann sent son cœur battre la chamade. *Ma famille ne va jamais croire ce qui m'arrive!* pense-t-il. *Ce matin encore, je récoltais des oignons; depuis, j'ai fait une course à cheval, j'ai rencontré un magicien, j'ai vu la pierre du dragon et... je vais avoir mon propre dragon!*

Yoann et les autres maîtres des dragons suivent Jérôme dans un corridor obscur.

— Lorsqu'ils ne s'entraînent pas, les dragons dorment dans leur caverne, explique Bo tout en marchant.

— C'est Vulcain qui a la plus grande, dit fièrement Rori.

Jérôme s'arrête devant une petite caverne dont l'entrée est bloquée par des piquets en bois.

— Eh bien, Yoann, je te présente ton dragon! annonce-t-il.

LOMBRIC

Yoann jette un coup d'œil à l'intérieur de la caverne. Un dragon est installé dans un coin. *Cette créature ressemble effectivement à un dragon*, se dit Yoann en l'examinant. La bête a le corps couvert d'écailles brunes, plutôt ternes. Elle a deux ailes minuscules, deux oreilles très petites et deux grands yeux verts. Mais elle n'a pas de jambes! On dirait un gros serpent.

Son long museau est bien la seule chose qui lui donne l'air d'un dragon.

Yoann s'approche des barreaux en bois.

— Bonjour, dragon. Je m'appelle Yoann.

Le dragon ne bouge pas.

— Accroche la pierre à ton cou, conseille Jérôme.

Yoann met le pendentif autour de son cou, et un chatouillement lui parcourt le corps.

Immédiatement, le dragon relève la tête. Il fixe Yoann de ses grands yeux verts. Yoann sent un étrange frisson l'envahir.

Jérôme s'approche.

— Il est temps de donner un nom à ton dragon, dit-il.

Rori s'exclame :

— Bonne chance pour trouver un nom à une créature ausi ennuyeuse!

— On pourrait l'appeler Tête-de-nouille, propose Anna d'un air espiègle.

— Mais non, il lui faut un vrai nom! dit Bo en hochant la tête.

Yoann continue d'observer le dragon. Il examine son long corps brun.

— Lombric, dit Yoann, Il s'appellera Lombric.

— C'est un nom qui lui convient très bien, puisque c'est un dragon de la Terre, dit Jérôme en ouvrant la porte de la caverne. Maintenant, Yoann, demande à Lombric de te suivre.

— D'accord, dit Yoann. Lombric, je te demande de me suivre.

Lombric rampe lentement dans sa direction.

— Beau travail! s'exclame le magicien. Continue!

— Allez, suis-moi, dit Yoann tout en marchant dans le corridor.

Lombric le suit, toujours en rampant.

— C'est vraiment un gros ver incroyablement laid, dit Rori.

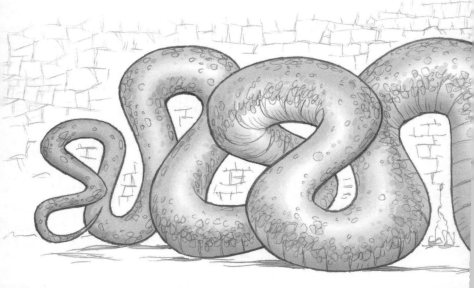

— Sois gentille, Rori, rétorque Anna.

Yoann ne dit rien. Lombric ressemble *bel et bien* à un gros ver.

— Où allons-nous? demande-t-il.

— À la salle d'exercice, répond Jérôme.

— Eh oui, rétorque Rori. C'est là qu'on verra de quoi vous êtes capables, ton dragon et toi...

Yoann est nerveux. Il tâte son pendentif. *Comment est-on censé entraîner un dragon?* se demande-t-il. *Et si je n'y arrivais pas? Et si je n'étais pas vraiment un maître des dragons après tout?*

FAIS QUELQUE CHOSE!

La salle d'exercice est un immense local entièrement dégagé au milieu. Des lances et des boucliers sont accrochés aux murs et on trouve un peu partout des seaux remplis d'eau ou de sable. À une extrémité de la salle, il y a une grosse cible ronde rembourrée de paille qui déborde de tous les côtés.

Jérôme pointe l'index vers la cible. Des étincelles jaillissent de son doigt, pour faire apparaître un gros point rouge au cœur de la cible.

— C'est l'heure du tir à la cible! dit le magicien.

— Moi d'abord! s'écrie Rori. Vulcain, viens ici!

Le dragon rouge s'avance avec entrain.

— Vulcain, feu! crie Rori.

Les yeux orange du dragon se mettent à briller intensément. Puis, deux jets de flammes sortent de ses narines.

Ils s'entremêlent avant de frapper la cible en plein centre.

— Parfait! se réjouit Rori.

Yoann fait un bond en arrière quand la paille s'enflamme.

— Bien visé, commente Jérôme. Bo, pourrais-tu faire quelque chose pour éteindre ce feu?

— Certainement! dit Bo en se tournant vers sa dragonne.

— Shu, dit-il simplement.

Contrairement à Rori, il lui parle très doucement. Shu traverse la salle en un éclair pour venir rejoindre son maître. *On dirait qu'elle avance sans toucher le sol*, se dit Yoann.

— De l'eau, s'il te plaît, Shu, dit Bo.

Un puissant jet d'eau sort alors de la gueule bleue de la créature.

Le feu grésille et des gouttelettes

d'eau volent dans les airs, illuminés par les torches qui éclairent la pièce.

— Hélia, fais-nous un arc-en-ciel! s'écrie Anna.

La dragonne survole gracieusement la salle. Yoann trouve que ses écailles blanches ressemblent à des pierres précieuses.

Un doux rayon de lumière sort de la gueule de la dragonne et se met à grandir. Lorsqu'il atteint les gouttelettes d'eau, un arc-en-ciel apparaît!

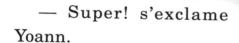

— Super! s'exclame Yoann.

— Elle est géniale, n'est-ce pas? déclare Bo.

Anna sourit.

Rori s'approche d'eux, les mains sur les hanches.

— Maintenant, montre-nous donc ce que ton dragon peut faire, dit-elle à Yoann.

Yoann regarde nerveusement Lombric.

— Euh... tu es prêt, Lombric? demande-t-il.

Lombric le regarde droit dans les yeux.

J'imagine que ça signifie oui... se dit Yoann.

— Alors, on y va... Lombric, feu!

Yoann recule au cas où des flammes jailliraient de sa gueule, mais Lombric reste allongé par terre.

— Tous les dragons ne crachent pas du feu, fait remarquer Bo.

— D'accord, fait Yoann. Alors, Lombric, de l'eau!

Mais Lombric ne crache pas d'eau non plus.

Rori se met à ricaner.

— Je le savais : ce dragon ne sait rien faire!

— Laisse-lui le temps de se réchauffer! se fâche Yoann, les joues rouges de colère. Allez, Lombric! Envoie-nous un grand rayon de lumière!

Toujours rien.

— Tu prétends que c'est un dragon? se moque Rori.

— Je t'en prie, Lombric... Fais quelque chose, souffle Yoann à l'oreille de son dragon.

Lombric se contente de cligner des yeux.

— Ne t'en fais pas, Yoann, il faut du temps

pour apprendre à connaître son dragon, dit Jérôme. Allez, assez pratiqué pour aujourd'hui. À table!

Bo saisit Yoann par le coude.

— J'espère que tu as faim, Yoann. Les maîtres des dragons peuvent manger tout ce qu'ils veulent, dit-il.

Comme Yoann est affamé, cette information le réconforte un peu. Il est quand même déçu d'avoir raté son entraînement. *Comment puis-je devenir un maître des dragons si mon dragon ne fait rien de ce que je lui demande?* pense-t-il. *Je ne suis qu'un simple paysan qui cultive des oignons. Ma place n'est pas ici.*

UN NOUVEL AMI

La table de la salle à manger déborde de victuailles. Du poulet rôti, des pommes de terre, des carottes, du pain, du fromage… Yoann n'a jamais vu autant de nourriture de toute sa vie.

— Je peux avoir des pommes de terre, s'il vous plaît? demande Yoann.

Jérôme tend l'index vers le plat de pommes de terre, et des étincelles en jaillissent.

En regardant le plat flotter vers lui au-dessus de la table, Yoann ne pense plus à retourner dans sa famille. Il plante sa fourchette dans une pomme de terre.

— Est-ce qu'on mange ainsi tous les soirs? demande-t-il à Bo.

— Oui, il y a toujours plein de bonnes choses à manger, dit-il en faisant un signe affirmatif. Mais la soupe de ma maman me manque parfois...

— Ton royaume natal est-il loin d'ici? demande Yoann.

— Très loin, répond Bo. Je viens du royaume de l'empereur Song, en Orient.

— Moi, je viens du Sud, ajoute Anna. Dans mon pays, il fait toujours chaud. Pas comme ici où il fait toujours froid et humide.

— Eh bien, moi, je suis fière de venir de ce royaume! dit Rori. Mon père est forgeron. Il fabrique les meilleurs fers à cheval du village.

Yoann s'ennuie un peu de chez lui.

— Y a-t-il une façon de donner des nouvelles à mes parents pour les rassurer? demande-t-il à Jérôme.

— Tu peux leur écrire un mot, suggère Jérôme en faisant un signe à un serviteur. Apportez une plume et du papier à ce jeune homme, je vous prie.

Le serviteur revient et dépose du papier, une plume et un encrier devant Yoann qui rougit subitement.

— Eh bien quoi? C'est la première fois que tu vois du papier? raille Rori.

Yoann plonge le nez dans son assiette.

— Chez moi, je travaillais aux champs, dit-il piteusement. Je ne suis jamais allé à l'école. Je sais lire, mais nous n'avions pas de papier ni de plumes à la maison. Je n'ai donc jamais appris à écrire.

Rori ouvre la bouche pour dire quelque chose, mais Jérôme la regarde d'un air sévère. Bo prend alors la plume.

— Je peux écrire cette lettre pour toi, propose Bo.

— Merci, dit Yoann.

Puis il lui dicte son message.

Très chers parents,

Je suis en sécurité, alors ne vous inquiétez pas. Je fais plein d'expériences extraordinaires. Chez le roi, je mange très bien. C'est mon nouvel ami, Bo, qui écrit cette lettre pour moi.

Bisous,

Yoann

Yoann ne parle pas des dragons dans sa lettre. Il ne veut pas que sa mère s'inquiète.

Le serviteur repart avec la lettre.

— Où est-ce qu'on dort? demande-t-il en bâillant.

— Nos chambres sont dans la grande tour, dit Bo. Tu t'installeras dans la mienne.

— Super! dit Yoann en souriant, tout heureux d'avoir au moins un ami dans cet endroit.

Soudain, un soldat entre cérémonieusement dans la pièce.

— Levez-vous pour accueillir le roi Roland l'Audacieux! dit-il.

UN RÊVE
ÉTRANGE

es maîtres des dragons sautent de leur chaise. Le roi Roland fait son entrée. C'est un homme de forte taille, aux cheveux roux et à la barbe hirsute. Il marche droit vers Yoann qui est si impressionné qu'il en tremble.

— C'est donc *lui*, mon nouveau maître des dragons? demande-t-il.

— Oui, Votre Altesse, répond Jérôme.

— Plutôt maigrichon, dit le roi en fronçant les sourcils.

Yoann voudrait pouvoir se cacher sous le plancher.

Le roi se plante alors devant le magicien.

— Expliquez-moi cela, cher Jérôme. Mes hommes les plus costauds n'arrivent pas à dresser les dragons. Pourquoi ces enfants y parviennent-ils?

— La pierre du dragon est ainsi faite, répond Jérôme. C'est un mystère, même pour moi.

— *Pfff!* fait le roi d'un air méprisant. Autrement dit, le sort de mon armée repose entre vos mains.

— *Une armée?* songe Yoann.

Le roi Roland plante à nouveau son regard dans les yeux de Yoann.

— Ne me déçois pas, fiston, dit-il.

Puis, le roi et le soldat quittent la pièce et chacun se rassoit.

Les paroles du roi font peur à Yoann. *Que m'arrivera-t-il si je le déçois?* Il a l'impression qu'il passera alors un mauvais quart d'heure!

Bo emmène ensuite Yoann dans la chambre. Il y a un lit et une commode en bois pour chacun. Sur une table placée contre le mur, on a posé une grande cruche d'eau. Il y a aussi un petit bureau à partager.

— Voici ton lit, dit Bo en désignant le lit à côté du sien.

Yoann s'y installe.

Par la petite fenêtre, un rayon de lune éclaire la pièce. Yoann regarde Bo et constate qu'il dort déjà paisiblement. Yoann ne met pas longtemps à faire de même.

Peu de temps après, il se retrouve dans une grotte très sombre.

Il y règne une bonne chaleur, et l'air y sent bon la terre, comme dans les riches champs d'oignons. Une paire d'yeux d'un vert intense brille dans l'obscurité.

Lombric! C'est Lombric qu'il voit dans cette grotte. Il est entouré de dragons, tous comme lui : couverts d'écailles brunes avec des yeux d'un vert très intense.

Boum! Une forte explosion fait vibrer la grotte, soudainement envahie par la fumée. Lombric pousse un rugissement. Les dragons rampent dans tous les sens, cherchant une issue pour s'échapper.

Yoann se réveille en sueur. *Quel cauchemar!* se dit-il. *Pourtant, cela semblait si vrai...*

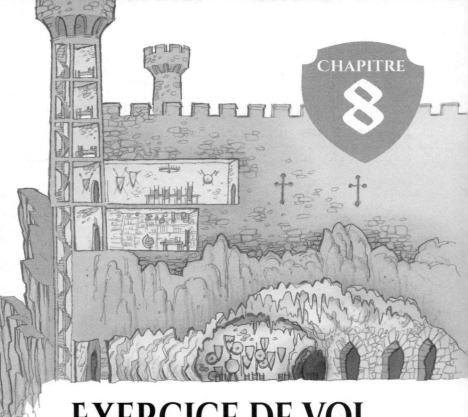

EXERCICE DE VOL

Le lendemain, après le déjeuner, Yoann retourne dans les salles souterraines avec Jérôme et les autres maîtres des dragons.
— Pourquoi faut-il toujours aller au sous-sol pour s'entraîner? demande-t-il pendant qu'ils descendent une volée de marches.

— Tu ne le sais donc pas? demande Rori. Notre travail ici doit rester *secret*. Personne n'est au courant de la présence des dragons. Personne ne sait que la pierre du dragon existe vraiment. Et tout le monde ignore que nous sommes ici.

Yoann jette un œil interrogateur vers Jérôme.

— C'est exact, confirme Jérôme. Le roi tient à ce que personne ne soit au courant de ce que nous faisons avec les dragons.

— Est-ce parce qu'il veut rassembler une armée de dragons? demande Yoann.

— Ça, c'est l'affaire du roi et non la nôtre, répond Jérôme en ouvrant la porte menant aux cavernes des dragons. Allez chercher vos dragons. Aujourd'hui, nous allons dehors!

— Hourra! s'écrient Anna, Rori et Bo.

— Ne risquons-nous pas d'être vus, si nous sortons? demande Yoann.

— Non, car nous serons cachés dans la vallée des Nuages, répond Anna. Va vite chercher Lombric!

Yoann court dans le corridor sinueux menant à la caverne de Lombric. Celui-ci lève la tête pour le regarder. Aussitôt, Yoann revoit des images de son cauchemar et se met à frissonner.

— Allez, viens! Nous sortons, dit Yoann en ouvrant la grille.

Lombric rampe hors de sa caverne.

Jérôme les mène le long d'un tunnel obscur.

Le tunnel débouche sur une vaste prairie d'herbe verte. Elle est entièrement entourée de hautes collines.

— Du soleil! s'exclame Anna en virevoltant de joie.

Yoann lève les yeux vers le soleil et sourit.

— Que fait-on ici? demande-t-il.

Anna lui répond joyeusement.

— On vole! Fais-lui une démonstration, Hélia, dit-elle à sa dragonne en lui caressant la tête.

Hélia étire son long cou et se met à tournoyer dans les airs. Yoann la regarde, les mains en visière pour se protéger du soleil. Il n'a jamais rien vu de tel.

— Attends de voir ce que Vulcain peut faire! lance Rori. Vulcain, en cercle!

Vulcain fait battre ses immenses ailes rouges. Il s'élance dans le ciel et tournoie en rond autour de la prairie.

— Incroyable! dit Yoann.

— Ta dragonne n'a pas d'ailes; peut-elle quand même voler? demande-t-il à Bo en se tournant vers lui.

— Elle n'a pas besoin d'ailes, répond Bo. Shu, montre-nous comment tu voles.

Shu s'élève doucement au-dessus d'eux.

— On dirait qu'elle nage dans les airs, fait remarquer Yoann.

— Tout à fait, dit Bo. Shu vole un peu comme certains nagent, elle se laisse porter par le vent.

Yoann regarde Lombric. Ses toutes petites ailes ne semblent pas capables de le porter.

— Et toi, Lombric? dit-il. Est-ce que tu peux voler?

Lombric se contente de regarder Yoann dans les yeux. Ses ailes restent immobiles. Il ne bouge absolument pas.

— Ce n'est pas grave. Nous n'aurons qu'à regarder les autres, le rassure Yoann.

Il se rappelle à quel point son dragon semblait effrayé dans son rêve.

Yoann s'assoit par terre et pose la main sur le dos de Lombric. Le dragon se rapproche un peu.

Soudain, Yoann sent quelque chose de chaud sur sa poitrine. C'est la pierre du dragon, qui brille intensément! Il regarde autour de lui et voit Jérôme en train de causer avec les autres. Tous portent leur pierre, mais aucune ne scintille.

Pourquoi donc suis-je le seul à avoir une pierre qui brille? se demande-t-il. *Aurais-je fait quelque chose de mal?*

Yoann se hâte de cacher sa pierre sous sa chemise. Puis il continue d'observer les autres dragons en vol.

MANIGANCES

— C'est donc ainsi qu'on fait reluire les écailles d'un dragon, leur explique Jérôme, un peu plus tard au cours de la semaine. Rappelez-vous qu'il faut brosser une écaille à la fois. Pas de raccourcis!

— Oh là là... On ne pourrait pas plutôt aller dehors? demande Rori en soupirant.

Yoann est content que Rori pose la question. Voilà trois jours qu'ils restent à l'intérieur.

Yoann aime bien étudier tout ce qui a un rapport avec les dragons. Mais il avait l'habitude de passer ses journées à l'extérieur, lorsqu'il vivait à la ferme. Si ça continue, il va bientôt oublier à quoi ressemble le soleil!

Jérôme tapote une grosse pile de livres déposée sur son bureau.

— Vous avez d'abord beaucoup à apprendre, dit-il. Mais nous y retournerons bientôt, Rori.

Un soldat entre alors dans la pièce et remet quelque chose au magicien.

— Yoann, voici une lettre pour toi, dit Jérôme en souriant.

— Et si vous nous la lisiez? propose Anna.

Yoann fait un signe à Jérôme pour dire qu'il est d'accord.

Cher Yoann,

Nous sommes.heureux de te savoir en sécurité. Nous nous demandons quand même pourquoi le roi t'a emmené chez lui. Peux-tu nous le dire?

J'aimerais bien que tu nous donnes souvent des nouvelles, pour nous rassurer. Remercie ton ami Bo de t'aider à nous écrire.

Nous t'aimons.
Maman

— Ta maman semble gentille, dit Bo.

Yoann sent ses yeux picoter, mais il retient ses larmes.

— Merci, dit-il. Est-ce que je pourrais lui écrire à nouveau et lui parler des dragons? demande-t-il.

— Tu ne dois absolument pas parler des dragons, dit Jérôme avant de se lever. Il faut garder le secret du roi. Mais c'est l'heure d'aller prendre soin d'eux et de faire briller leurs écailles. En avant!

Lorsqu'ils sortent de la salle d'exercice, Rori marche à pas rapides vers Anna et lui chuchote quelque chose à l'oreille.

Yoann garde un œil sur Rori tout le long du chemin vers les cavernes des dragons. *On dirait que Rori mijote quelque chose, se dit-il. Qu'est-ce qu'Anna et elle peuvent donc comploter?*

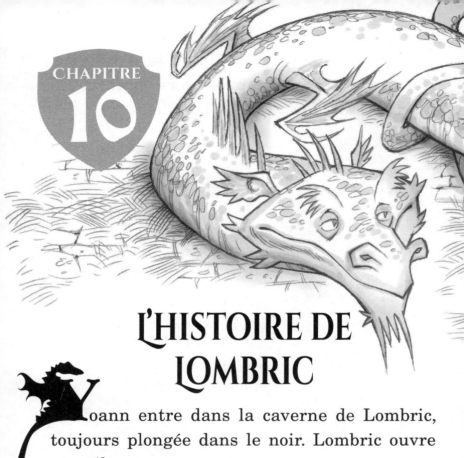

L'HISTOIRE DE LOMBRIC

Yoann entre dans la caverne de Lombric, toujours plongée dans le noir. Lombric ouvre un œil.

— Je viens faire briller tes écailles, dit Yoann en déposant sa brosse, son panier et ses serviettes.

Il jette un coup d'œil aux écailles brunes et ternes de son dragon.

— Je doute qu'elles brillent un jour, dit-il. Mais au moins, elles seront propres.

Yoann n'a pas encore l'habitude de s'occuper de Lombric. La tête du dragon fait la taille de Yoann tout entier. S'il le voulait, il pourrait avaler son jeune maître d'une seule bouchée. Mais quelque chose chez le dragon rassure Yoann.

Yoann commence à brosser délicatement les écailles de son dragon. L'énorme créature émet un ronronnement grave et ferme les yeux avec un léger sourire.

— Ça fait du bien? demande Yoann.

Lombric ronronne un peu plus.

— Très bien, alors! dit Yoann en brossant les écailles une par une. Tu sais, je m'ennuie quand même un peu des champs d'oignons. Je travaillais fort, mais j'aimais bien passer mes journées au grand air.

Puis Yoann se met à brosser la tête de son dragon.

— Je dois aussi avouer que ma famille me manque beaucoup, ajoute-t-il.

Il gratte Lombric derrière les oreilles, comme il le faisait avec son chat, à la maison. C'est alors qu'il sent de drôles de picotements dans sa main. Il tente de la retirer, mais il n'y arrive pas. C'est comme si elle était coincée sur place. Il écarquille les yeux et regarde Lombric. Celui-ci a les yeux braqués sur lui.

Une avalanche d'images défile alors dans la tête de Yoann. Il revoit la caverne de son cauchemar et l'explosion. La dernière fois, Yoann s'était réveillé, mais cette fois, les images continuent d'apparaître.

Il voit ensuite Lombric tenter de sortir de la caverne, mais il est bloqué par les autres dragons. Puis, des soldats du roi se précipitent dans la caverne. Ils ont un dragon d'or cousu sur leur tunique.

— Les soldats du roi? demande Yoann.

Les soldats enchaînent Lombric et le tirent hors de sa caverne. *Hiiii-hiiiii!* Yoann entend Lombric pleurer. Puis, les picotements dans sa main disparaissent en même temps que les images.

— Ça s'est vraiment passé ainsi? demande Yoann. Les soldats du roi t'ont arraché à ta famille? Comme ils l'ont fait pour moi?

Lombric hoche la tête.

— Je suis désolé, dit Yoann.

Il enroule ses bras autour du cou de Lombric, qui ferme alors doucement les yeux.

Toute sa vie, Yoann a admiré le roi Roland. *Mais pourquoi les hommes du roi traitent-ils Lombric comme un prisonnier? Peut-être que Roland n'est pas un si bon roi que cela, après tout...* se dit-il.

DU BRUIT
DANS LA NUIT

— Tu as fait du bon travail avec les écailles de Lombric, dit Jérôme en entrant dans la caverne.

Yoann n'a pas l'intention de répéter un seul mot de ce qu'il a appris de Lombric. Pas tout de suite. Mais il a une question à poser.

— Comment les dragons sont-ils arrivés jusqu'ici? demande-t-il.

— Les soldats du roi ont parcouru les royaumes et sont allés très loin, répond Jérôme. Les dragons ne sont pas faciles à trouver! La plupart des gens n'en ont jamais vu. Mais le roi a persévéré. Et ses soldats ont réussi à trouver les quatre qui sont ici.

— Mais ces dragons ont-ils vraiment choisi de venir ici? demande Yoann.

— Notre roi ne se soucie pas nécessairement de ce que pensent les dragons, commente Jérôme d'un ton sombre. Allez, viens! C'est l'heure de manger.

Après leur repas du soir, Bo et Yoann montent dans leur chambre. Bo apprend à Yoann les lettres de l'alphabet.

Bo trace un *D* majuscule, puis un *D* minuscule.

— Regarde, dit-il, le *D* majuscule ressemble à un dragon avec un gros ventre.

Il dessine un dragon.

— Comme Vulcain, réplique Yoann en riant.

Bo se met à rire avec lui.

Un rayon de lune frappe alors la pierre du dragon de Bo, la faisant scintiller joliment. Yoann se souvient alors qu'il a quelque chose à demander à son ami.

— Est-ce que ta pierre scintille d'elle-même parfois? demande Yoann.

— Jamais, répond Bo en secouant la tête. Pourquoi me poses-tu cette question?

— C'est simplement que... je crois que la mienne s'est mise à briller l'autre jour, répond Yoann, quand j'étais avec Lombric.

— C'est assez spécial, remarque Bo. Tu devrais le dire à Jérôme.

— Oui, je lui en parlerai demain, répond Yoann d'un air pensif.

Yoann s'exerce à faire encore quelques lignes de *D* avant d'aller au lit. En se couchant, il se dit qu'il va sûrement voir des *D* dans ses rêves... ou son dragon, Lombric. Mais alors qu'il vient juste de s'installer dans son lit...

Poum! Il entend un bruit sourd et se dresse : deux silhouettes se tiennent au-dessus du lit de Bo!

UN PLAN SOURNOIS

Les deux silhouettes se retournent vers lui. Ce sont Rori et Anna!

— Que vous faites vous ici? demande Yoann.

— Va te recoucher! rétorque Rori.

— Tu n'as pas d'ordres à me donner! réplique Yoann du tac au tac.

Il en a assez de l'attitude autoritaire de Rori.

— C'est vrai, pourquoi t'obéirait-il? intervient Bo. Et que faites-vous ici, toutes les deux?

Anna prend la parole.

— Nous allons profiter du fait que tout le monde dort au château pour sortir avec nos dragons. Voulez-vous venir avec nous? Vous pouvez aller chercher Lombric et Shu.

— Ce n'est pas une bonne idée, répond Bo.

— Mais si, réplique Rori. Nous sommes maîtres des dragons. Nous devrions pouvoir sortir avec eux quand bon nous semble!

— Je suis d'accord avec toi, reconnaît Yoann. Et je pense que Lombric serait heureux de faire une petite sortie.

Bo ne peut cacher son inquiétude.

— Qu'arrivera-t-il si Jérôme l'apprend? demande-t-il. Ou si *le roi* est mis au courant?

— Personne ne le saura, à moins que l'un de vous ne tienne pas sa langue, dit Rori en regardant les deux garçons avec un air de défi.

— Eh bien, dans ce cas, allons-y! lance Anna.

Yoann enfile ses chaussures et suit les autres dans le corridor. Par la porte entrouverte de sa chambre, on peut entendre Jérôme ronfler. *ZZZZzzzzzzzzzzzzzzz!*

— *Chuuut!* fait Rori en plaçant un doigt sur ses lèvres.

En passant devant la porte sur la pointe des pieds, Yoann jette un regard furtif à l'intérieur. La longue barbe de Jérôme se soulève dans les airs au rythme de ses ronflements.

Les maîtres des dragons descendent les escaliers. Le garde posté devant la porte de la salle d'exercice est endormi lui aussi.

— C'est Simon. Il passe son temps à dormir, dit Rori.

Ils passent sans bruit devant

Simon pour s'introduire dans la salle. Il y fait très noir, car toutes les torches sont éteintes. Rori allume une bougie et en remet une à chacun.

— Maintenant, allons chercher les dragons, dit-elle à voix basse.

Ils arrivent d'abord à la caverne de Vulcain. Rori ouvre la porte.

— Debout, Vulcain, on sort! dit-elle.

Vulcain se lève en grognant. Anna et Bo vont ensuite réveiller leurs dragons. Yoann se dirige vers la caverne de Lombric.

— Lombric, que dirais-tu d'une petite promenade? demande-t-il.

Lombric lève la tête, les yeux grands ouverts. Il regarde Yoann si intensément que celui-ci a une drôle d'impression.

— Allez... Viens, Lombric! dit Yoann.

Mais Lombric refuse de bouger. Il continue de regarder Yoann droit dans les yeux. *Essaie-t-il de me faire comprendre quelque chose?* se demande Yoann.

Rori, Anna et Bo arrivent à la hauteur de la caverne de Lombric, accompagnés de leurs dragons.

— Alors, il vient, ton dragon? s'impatiente Rori.

Tout à coup, Yoann se fige. Il entend clairement une voix qui lui dit : *Ne va pas dans le tunnel!*

DANGER DANS LE TUNNEL

e pourrait-il que Lombric vienne de communiquer avec moi... par la pensée? Yoann ne sait plus que faire. Il a vraiment l'impression que cet avertissement vient de Lombric.

— Yoann, que se passe-t-il? demande Anna.

— Je ne sais pas trop... répond-il.

Que vont donc penser les autres si je leur avoue que j'entends des voix? s'inquiète le garçon.

— On dirait que Lombric ne veut pas sortir.

— Eh bien, restez donc ici, poules mouillées!
lance Rori.

— Je n'ai jamais dit que je voulais rester
ici, réplique Yoann. Je viens, mais sans mon
dragon.

À ces mots, Lombric rampe hors de sa
caverne.

— Regardez! Il a
décidé de venir, dit
Anna.

Yoann n'entend
pas d'autres voix dans
sa tête. Il se dit que
Lombric a sans doute
changé d'avis.

Rori ouvre la marche,
aux côtés de Vulcain.

— Allons-y! dit-elle.

Ils empruntent le long couloir menant à
l'extérieur. Aucune torche n'est allumée là non
plus. Et leurs petites chandelles ne procurent
qu'une bien faible lumière.

— Hélia pourrait nous éclairer, propose
Anna.

Elle s'apprête à lui en donner l'ordre lorsque Rori s'écrie :

— Regardez!

Comme les dragons lui bloquent la vue, Yoann tend le cou pour voir ce qui se passe de l'autre côté. Il aperçoit ce dont parlait Rori. Une énorme lueur rouge se dirige lentement vers eux et devient de plus en plus grosse.

— On dirait de la magie! s'écrie Anna.

— Peut-être, mais ce n'est pas le genre de magie que pratique Jérôme, dit Bo. Ça fait... peur.

Au même instant, Vulcain rugit agressivement. Il frappe le sol à plusieurs reprises avec son énorme queue.

— Du calme, Vulcain! crie Rori.

Mais son dragon est de plus en plus agité.

Bam! Bam! Vulcain frappe furieusement les murs du tunnel avec sa queue. Il s'agite dans tous les sens. Hélia et Shu se mettent à hurler et tentent de rebrousser chemin. Seul Lombric reste calme.

Les parois et le sol du tunnel commencent à trembler. De la poussière tombe du plafond. Inquiets, les maîtres des dragons s'interrogent du regard.

— Sauve qui peut! crie Yoann.

Mais il est trop tard. Les murs autour d'eux s'écroulent!

PRISONNIERS!

Yoann se baisse pour se protéger des débris qui tombent de tous côtés. Il ferme les yeux bien fort.

Puis, le tremblement cesse et il rouvre les yeux.

Les chandelles se sont éteintes. Yoann regarde derrière lui dans le noir.

— Est-ce que ça va, Lombric? demande-t-il.

Lombric semble sain et sauf. En fait, il n'a même pas un brin de poussière sur lui alors que tous les autres sont plutôt en piteux état.

— Est-ce que tout le monde va bien? demande Yoann.

Anna est encore par terre. Bo l'aide à se relever.

— Ça va, dit-elle, mais j'ai eu très peur!

Rori s'approche d'eux.

— Je suis désolée, dit-elle. Je ne comprends pas pourquoi Vulcain a paniqué à la vue de cette boule de lumière.

— Heureusement, elle a disparu, dit Yoann en jetant un œil aux alentours.

— Nous devrions peut-être rentrer, propose Bo d'un ton nerveux.

Yoann regarde derrière Lombric. Le tunnel est complètement bloqué par un amas de pierre et de terre.

— J'ai bien peur que cela soit impossible, dit-il.

— L'issue vers l'extérieur est bloquée, elle aussi, dit Rori.

— Nous sommes prisonniers! dit Bo qui est devenu tout pâle.

La dragonne d'Anna gémit longuement.

— Ça va aller, Hélia, fait Anna en caressant son museau. Peux-tu nous faire un peu de lumière?

Hélia ouvre la gueule et une boule de lumière blanche et brillante en sort et reste suspendue dans les airs.

— Vulcain est fort, dit Rori. Il devrait être capable de déplacer toutes ces pierres.

Vulcain a retrouvé son calme, maintenant que la lueur rouge a disparu. Il essaie de pousser l'amoncellement de pierres, mais en vain.

— Allez, Vulcain! insiste Rori.

Rien n'y fait : Vulcain n'est pas assez fort.

— Je pourrais demander à Shu de lancer des jets d'eau sur les roches pour les déplacer, suggère Bo.

— Et si ça ne marche pas? s'oppose Anna en fronçant les sourcils. Le tunnel sera rempli d'eau!

Personne ne répond. Ils savent qu'Anna a raison. Ils sont bel et bien coincés dans ce tunnel.

— Désolé de t'avoir entraîné dans cette histoire, chuchote Yoann à son dragon.

Les grands yeux verts de Lombric se mettent alors à briller très fort. Puis tout son corps, de la tête à la queue, scintille d'une superbe lueur verte.

Yoann recule d'un bond.

— Que t'arrive-t-il, Lombric?

Il sent alors une douce chaleur sur sa poitrine :
c'est sa pierre du dragon, qui s'est mise à
briller elle aussi!

Anna, Rori et Bo en sont bouche bée. Ils
ne peuvent détacher leur regard de Yoann et
son dragon. La lueur dégagée par Lombric
éclaire tout le tunnel. Rori s'écrie :

— Yoann, on dirait que ton dragon va
exploser!

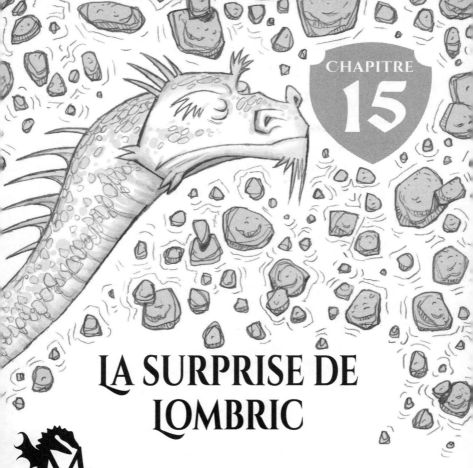

LA SURPRISE DE LOMBRIC

Mais Lombric n'explose pas. Il ferme plutôt les yeux comme pour se concentrer.

Puis les pierres qui obstruaient le tunnel se mettent à trembler.

— Que se passe-t-il? crie Bo.

— C'est Lombric qui fait cela? demande Anna.

— Je crois... je crois qu'il utilise la force de sa pensée, dit Yoann qui n'ose pas y croire.

Mais il comprend vite que c'est ce qui se produit.

Rori, Anna et Bo reculent. Les roches continuent de trembler, puis... *Pouf!* Toutes ces grosses pierres se mettent à éclater en minuscules morceaux.

Il y a de la poussière partout. Yoann tousse et tente de l'écarter d'un geste de la main. Les roches qui bloquaient le chemin ont disparu. La voie est libre!

Yoann serre Lombric dans ses bras.

— Bravo, Lombric! dit-il.

— Nous ferions mieux de sortir d'ici avant que la poussière ne fasse éternuer Vulcain, conseille Rori. La dernière fois qu'il a éternué, il a carbonisé ma tartine!

— Rori a raison, dit Bo. Il vaut mieux s'en aller.

Yoann enjambe les décombres et se retrouve face à face avec Jérôme. Le garde, Simon, est derrière lui.

— Vous êtes vraiment dans le *pétrin*, vous quatre, dit le magicien. Vous avez réveillé tout le château, et le roi Roland est furieux!

CE N'EST
QUE LE DÉBUT

Le petit groupe reprend son chemin dans le tunnel en silence. Six soldats de la garde du roi les attendent dans la salle d'exercice. L'un d'eux s'avance dès qu'il les voit.

— Le roi Roland exige qu'on lui dise ce qui s'est passé! rugit-il.

Les maîtres des dragons tournent tous leur regard vers Jérôme.

— Veuillez dire au roi que tout va bien, dit-il après s'être raclé la gorge. Les dragons ont tenté de s'échapper, mais leurs maîtres ont su les en empêcher.

— Mais... commence Yoann.

Il s'interrompt aussitôt en croisant un regard de Jérôme qui lui conseille de se taire.

Le soldat regarde le magicien et acquiesce.

— Fort bien, dit-il.

Puis tous les soldats s'en vont, suivis de Simon.

Yoann se tourne vers Jérôme.

— En vérité, les dragons n'ont rien fait de mal, dit-il.

Rori s'approche à son tour.

— Yoann dit vrai. Tout est de ma faute. Je voulais que nous fassions une sortie avec les dragons. Je suis vraiment désolée; c'était une très mauvaise idée, ajoute-t-elle en regardant les maîtres des dragons.

— Effectivement, commente Jérôme. Mais expliquez-moi quelque chose : comment avez-vous fait pour réussir à *sortir* du tunnel après son effondrement?

— Lombric nous a sauvés! s'écrie Rori.

Anna acquiesce.

— Il est devenu vert et brillant. C'était incroyable!

— Il a même transformé la pierre en poussière! ajoute Bo.

Le visage du magicien s'éclaire.

— Mais c'est excellent! dit-il en prenant Yoann par les épaules. Je savais que tu allais lui permettre de révéler

sa force! Les dragons de la Terre ont de très grands pouvoirs. Lombric a longtemps caché les siens. Jusqu'à aujourd'hui. Ses écailles se sont mises à briller parce qu'il puisait dans son pouvoir.

— Est-ce pour cette raison que ma pierre aussi s'est mise à briller?

— Non, la pierre brille lorsqu'on a un lien très fort avec un dragon, explique Jérôme. Ce lien devient si fort que ton dragon et toi, vous pouvez lire dans les pensées l'un de l'autre.

Les autres maîtres des dragons y parviendront eux aussi, un jour.

Yoann se souvient alors des paroles qu'il a entendues dans sa tête.

— Merci, Lombric, dit-il en caressant son dragon, tu nous as vraiment sauvés, aujourd'hui.

— Mais ce n'est pas tout! Nous avons oublié de vous parler de la boule de lumière rouge! intervient Rori. C'est à cause d'elle que Vulcain a pris peur. Lorsqu'elle est entrée dans le tunnel, il a paniqué et c'est pour cela que le tunnel s'est écroulé.

Le visage de Jérôme s'assombrit.

— Vous êtes sûrs d'avoir vu une boule de lumière *rouge*?

Les quatre maîtres acquiescent d'un signe de tête.

— La situation est grave. Il se pourrait bien que d'autres dangers nous guettent, dit Jérôme.

— Des dangers? s'inquiète Bo.

Jérôme tapote doucement Bo sur le dessus de la tête.

— Pour l'instant, nous sommes en sécurité. Allez, au lit!

En allant reconduire Lombric dans sa caverne, Yoann sent qu'il a un lien très fort avec lui. Il ne retournera pas cultiver les oignons. Il a une nouvelle vie maintenant. Une vie remplie de dragons, de magie et de dangers.

Une vie de maître des dragons.

TRACEY WEST se demande souvent quel genre de dragon elle aimerait avoir comme ami. Comme Yoann, elle adore cultiver ses légumes (sauf qu'elle prend toujours soin d'enfiler des gants pour éviter de toucher aux vers de terre!). Peut-être bien qu'un dragon de la Terre lui conviendrait le mieux.

Tracey a écrit des douzaines de livres pour enfants. Elle écrit à la maison, entourée de la famille recomposée qu'elle forme avec son mari et ses trois enfants. Sa maison est aussi le foyer de plusieurs animaux de compagnie : deux chiens, sept poules et un chat qui s'installe confortablement sur son bureau pendant qu'elle invente ses histoires! Heureusement que ce chat n'est pas aussi lourd qu'un dragon!

GRAHAM HOWELLS habite avec sa femme et leurs deux fils dans l'ouest du Pays de Galles, un endroit parsemé de châteaux où tout le monde a une histoire de magicien et de dragon à raconter.

Il existe d'innombrables légendes sur les dragons au pays de Galles. L'une d'elles parle d'un énorme dragon dépourvu de pattes, un peu comme Lombric!

Graham habite d'ailleurs tout près de l'endroit où, selon la légende, se trouvait la grotte de cristal que Merlin l'enchanteur utilisait comme refuge à la tombée de la nuit.

Graham a illustré plusieurs livres, en plus de collaborer comme graphiste à la production de films, d'émissions de télévision et de jeux de société. Il écrit également des livres pour enfants. En 2009, son livre *Merlin's Magical Creatures* a gagné le prix Tir Na N'Og.

MAÎTRES DES DRAGONS

LE RÉVEIL DU DRAGON DE LA TERRE

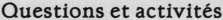

Questions et activités

Regarde l'illustration en haut de la page 10. D'après toi, quelle est l'**HUMEUR** de Rori?

Pourquoi Lombric suit-il Yoann dans le tunnel alors qu'il lui a conseillé de ne pas s'y aventurer?

Que fait Lombric pour **SAUVER** les maîtres des dragons?

À ton avis, pourquoi les maîtres des dragons avouent-ils à Jérôme que c'est leur faute si les dragons sont sortis de leurs cavernes en pleine nuit?

Si tu avais un dragon, quel pouvoir aimerais-tu qu'il ait? Fais un **DESSIN** de ton dragon en train d'utiliser ce pouvoir magique.